Elisabeth Berger
Suche in der Brenta

Elisabeth Berger

Suche in der Brenta

Roman

edition fischer

Die Handlung dieses Romans sowie die darin vorkommenden Personen sind frei erfunden; eventuelle Ähnlichkeiten mit realen Begebenheiten und tatsächlich lebenden oder bereits verstorbenen Personen wären rein zufällig.

Bibliografische Information der Deutschen Nationalbibliothek

Die Deutsche Nationalbibliothek verzeichnet diese Publikation in der Deutschen Nationalbibliografie; detaillierte bibliografische Daten sind im Internet über http://dnb.d-nb.de abrufbar.

© 2016 by edition fischer GmbH
Orber Str. 30, D-60386 Frankfurt/Main
Alle Rechte vorbehalten
Schriftart: Baskerville 12 pt
Herstellung: ef/bf/2A
ISBN 978-3-86455-821-4

für Anna

Der erste Tag

Auf meiner Reise in Richtung Süden fahre ich in einen blauen Himmel hinein.

Das kalte und verregnete Deutschland hinter mir, auf den Schultern die drückende Last meiner Sorgen und im Kopf die bohrende Angst um Ela, begrüßt mich ein unwirkliches Postkartenwetter in Madonna di Campiglio.

Der zu dieser Jahreszeit trostlos verschlafene, nur zum Wintersport erwachende Bergort empfängt mich mit geschlossenen Hotels, Bars und Kneipen.

Ich schaue in den strahlend blauen Himmel und sehe bleiche Berge im Hintergrund. Angesichts dieser gewaltigen, sich im ernsten Grau erhebenden und auf ihren Gipfeln mit Schnee bedeckten Bergmassive verliere ich für einige Minuten meinen Mut.

Was tue ich nur? Mit Ela zusammen könnten wir die anschwellende Aufregung hinter coolen Sprüchen und Kichern verstecken. Aber meine beste Freundin Ela suche ich.

Ihr Verschwinden ist der Grund dafür, dass ich diese wahnsinnige Klettertour gebucht habe. Und weil Ela fehlt, leiste ich mir einen echten Profi, einen am Telefon hoch gelobten, sehr erfahrenen Bergführer.

Flau im Magen habe ich begründete Bedenken, ob ich die Tour durchhalte, ob mich die Kälte fertig machen wird, ob ich schwindelfrei klettern kann und vieles mehr.

Von Madonna di Campiglio zum Parkplatz der Seilbahn Grotte sind es wenige Minuten mit meinem Auto. Genervt bemerke ich, dass der Parkplatz gebührenpflichtig ist und wende nervös. Die Sonne blendet und ich taste nach meiner Sonnenbrille. Nach einem aufregenden Wendemanöver sehe ich den Bergführer mit seinem Kleintransporter am Straßenrand stehen. Klein, drahtig, Mütze tief im Gesicht und Hände in den Hosentaschen lehnt er an der Fahrertür.

Ich halte, kurble das Fenster herunter und schaue fragend. Er lächelt, nennt mir seinen Namen und bittet mich, ihm wieder nach Madonna di Campiglio zu folgen.

Kurze Zeit später halten wir an der Zufahrt zur Vallesinellahütte. Eine unfreundliche Beamtin an der Zufahrtsschranke tut sehr wichtig und erklärt uns, dass der Parkplatz an der Hütte bei diesem herrlichen Bergwetter total überfüllt ist. Wir sollen uns gedulden bis die Rückreise beginnt und Parkplätze frei werden. So steigen wir aus und warten gemeinsam am Straßenrand.

Ausgedehnte Streifzüge in unseren heimatlichen Bergen, ein kleines feines Mittelgebirge, liebten wir beide, Ela und ich. Wir erfreuten uns an jedem Gipfel und an jedem Steig. Frei unsere Wege wählend, bei jedem Wetter und ohne die sonst notwendige Kleiderordnung fanden wir so einen Ausgleich zu unserer Tätigkeit im größten Kaufhaus unserer Stadt.

Ela war Abteilungsleiterin für Sportartikel, beschäftigte

sich mit Verkauf, Mode und neuen Sporttrends. Mich nannte sie immer Lieschen, ihren Bücherwurm, weil ich die Buchabteilung führte.

»Elisabeth, ist das deine erste Tour durch die Dolomiten?«, unterbrach der Bergführer meine Gedanken.
»Ja«, antworte ich. »Mit meiner Freundin Ela träume ich schon lange von diesem alpinen Gebirge. Leider fanden wir nie Zeit und Gelegenheit in der Brenta zu wandern. Ich hoffe jetzt, sie hier in den Bergen zu treffen.«
»Habt ihr euch auf einer Hütte verabredet?«
Von Vallesinella herabkommende Fahrzeuge entbinden mich einer Antwort.
Die Fahrt auf der holprigen einspurigen Bergstraße mit nur wenigen Ausweichstellen erfordert meine volle Konzentration.
Auf dem geräumigen Vallesinella-Parkplatz stellen wir die Autos ab und schultern unsere Rucksäcke.
Unauffällig schiele ich nach dem Rucksack des Bergführers und bin erleichtert, nur ein 35-l-Modell zu sehen.
Stundenlang habe ich zu Hause gepackt, bis ich das Wichtigste, also Klettersteigset, Helm, Grödl und Regenausrüstung im Rucksack verstaut hatte. Da blieb nur noch wenig Platz für Wechselwäsche, Waschzeug, Handtuch und Tagesverpflegung. Auf ein Buch habe ich leider verzichten müssen, nur das kleine schmale Notizheft fand noch eine Lücke.
»Los geht's!«, sagt der Bergführer und wir steigen auf.

Langsam, Schritt für Schritt gehen wir aufwärts durch den Wald. Tagesausflügler, Familien und Wandergruppen kommen uns schnatternd und lärmend entgegen. Ich bin dankbar, dass der Bergführer mein Schweigen akzeptiert. Vertrauliche Gespräche nach einem kurzem Kennenlernen sind mir schon immer sehr schwer gefallen. Meine wachsende Aufregung verhindert zusätzlich ein lockeres Gespräch.

Dunklen Gedanken nachhängend vergesse ich die Anstrengung des Aufstiegs, die Hitze und den Schweiß, der mir langsam in den Nacken tropft.

Vor einem Monat erhielten Ela und ich, zusammen mit unseren Abteilungsleiterkollegen, die Kündigung. Das Management unseres Kaufhauses versucht eine sogenannte Sanierung und Umstrukturierung, was immer heißt, Personalkosten einzusparen.

Bisher führten die Abteilungsleiter eigenständig die verschiedenen Verkaufsabteilungen eines Kaufhauses, das sollte jetzt der Filialleiter allein übernehmen. Seine Verkäufer wollte das Kaufhaus-Management von Personalagenturen mieten, das eigene Stammpersonal wurde entlassen.

Ich war eher erleichtert, nahm mir doch diese Kündigung eine wichtige Lebensentscheidung ab. Seit geraumer Zeit fiel es mir immer schwerer, mich dem zunehmend nur noch auf Gewinnoptimierung fokussierten Management unterzuordnen. Die Verantwortung für die mir unterstellten Mitarbeiter, mein Netzwerk im Unternehmen und die lange Betriebszugehörigkeit ließen mich immer wieder zögern, endlich einen Schlussstrich zu ziehen.

Vor einem Monat, es war ein später Mittwochnachmittag, betrat unerwartet unser amtierender Kaufhausdirektor, Herr Sägebrecht, das Büro. Raumfüllend im schwarzem Anzug stand er vor uns, das unentbehrliche rote Moleskine-Notizbuch unterm Arm, seinen schwarzen Montblanc-Kugelschreiber gezückt. Möglichst vermied er einen Aufenthalt in diesem dunklen, hektischen Hinterraum, der nur behelfsmäßig von einem schmutzigen Handlager abgetrennt war.

Eine Krankmeldung ließ mich gerade über den Personaleinsatz tüfteln und Ela reparierte den ständig ausfallenden Drucker, als er uns nach einer knappen Begrüßung zum Hinsetzen aufforderte.

Ohne mitfühlende Einleitung verkündete er mit leiser Stimme: »Leider muss ich Sie von unserer Unternehmensentscheidung in Kenntnis setzen, dass ab sofort eine Struktur ohne Abteilungsleiter umgesetzt wird. Es tut mir leid, aber am Samstag erhalten Sie Ihre Kündigung per Post. Ich bin so aufrichtig, Ihnen das heute persönlich zu sagen, bevor Sie den Brief bekommen. Die Kündigung hat mit Ihrer Leistung nichts zu tun, Sie haben nur das Pech, dass Ihr Job eingespart wird. Tut mir leid.«

Herr Sägebrecht setzte eine salbungsvolle Miene auf, sah uns aber nicht ins Gesicht. Offensichtlich fühlte auch er sich unbehaglich, rutschte auf dem Stuhl hin und her, in seinem Gesicht bildeten sich feine Schweißtropfen.

Nach einigen Sekunden Schweigen, die Stille im Raum lies die gedämpften Geräusche aus der Verkaufsabteilung nebenan eindringen, erhob er sich und ging zur Tür hinaus.

Ela war sehr blass. Ich wollte sie mit ein paar Worten trösten, dass wir uns diese Frechheit nicht gefallen lassen. Aber sie winkte nur ab und verließ das Büro.

Der Bergführer unterbricht meine Gedanken: »Schau, wir gehen an der Casinei-Hütte vorbei und gönnen uns eine kurze Pause.«

Verschnaufend am Waldende sehe ich die ersten schneebedeckten Gipfel und darüber einen fast wolkenlosen Himmel.

Wir passieren einen gemütlichen Biergarten mit herrlichem Ausblick. Oh, das ist mir mit Ela nie gelungen, an Biergärten einfach so vorbei zu gehen!

Hinter der Hütte am Wiesenrand beginnt ein ab jetzt tägliches Ritual. Der Bergführer schnallt den Rucksack ab mit den Worten: »Hock dich hin, entlaste die Beine und trink was.«

Jetzt fühle ich deutlich die Last auf meinen Schultern und bin froh, eine Pause einlegen zu können.

Nach einem schweißtreibenden Aufstieg erreichen wir die Baumgrenze. Mein Blick weitet sich an einem Horizont mit einem Meer von Bergen und ich bekomme ein leichtes, aber angenehmes Schwindelgefühl.

Die Sonne erreicht uns nun ungehindert und ich funktioniere mein Halstuch zur Mütze um. Die vereinzelten Lärchen und Zirbelkiefern werden lichter und kleiner, klammern sich an abschüssige Wiesen, auf denen wie in einem botanischen Fachbuch Arnika, Anemone, Enzian und Edelweiß blühen. Das Licht erscheint mir heller, die Luft klarer und die Farben intensiver.

Obwohl der Weg sehr steinig ist, kommen wir zügig voran. Grandiose Aussichten verhelfen mir zu Verschnaufpausen, für die ich sehr dankbar bin. Der Rucksack wird schwerer und ich versuche immer wieder, ihn bequemer festzuschnallen.

Vor der Ankunft an der Stellahütte werden wir mit einem schönen Bild belohnt: Bilderbuchlandschaft mit Hütte und Kapelle und Berge, darüber ein wolkenloser Himmel. Endlich an der Hütte angekommen, werfen wir die Rucksäcke ab und lassen uns erleichtert am Terrassentisch nieder. Die Aussicht ist überwältigend und ich verspüre dieses intensive Glücksgefühl, nach Bewegung und Anstrengung ein Ziel erreicht zu haben.

Der Hüttenwirt serviert uns ein Bier und wir prosten uns übermütig zu. »Du hast nicht vergessen, dass ich Hannes heiße?«, sieht mich der Bergführer fragend an. »Die Brentaberge befinden sich am Westrand der Dolomiten. Unsere Tour verläuft auf einer Hochebene, so immer auf 2500 m. Für alpine Ausflüge ist das nicht sehr hoch, aber unsere Wege sind exponiert und sportlich anspruchsvoll. Das Wetter sieht stabil aus. In diesem Jahr begann die Saison erst spät, wir werden auch jetzt, Anfang Juli, noch mit viel Schnee zu kämpfen haben.

Elisabeth, vertraue mir, dann haben wir Spaß und eine wunderschöne Tour.«

»Gehen wir so hoch, dass uns die Höhenkrankheit erwischen kann?« Mit Respekt schaue ich hinauf auf die schwindelerregenden hohen Steinriesen.

»Das kann schon passieren auf einer Höhe ab 2500 m, aber wir sind heute langsam hoch und haben uns schon akklimatisiert. Sag mir bitte, wenn du unterwegs Kopfschmerzen bekommst, dann sollten wir absteigen.«

Hannes nimmt sein Bierglas in die Hand. »Wo willst du dich mit deiner Freundin treffen?«, fragt er nach einem kleinen Schluck Bier.

Da erzähle ich ihm, dass ich sie suche. Telefonisch war sie nicht erreichbar und ich machte mir langsam Sorgen. In ihrer Wohnung, zu der ich einen Schlüssel habe, fehlten ihr Rucksack, ihre Wandersachen und ihr Klettersteigset. Ein Katalog mit dieser Brentatour lag aufgeschlagen auf ihren Schreibtisch, daneben fand ich einen Notizzettel mit den Schwierigkeitsstufen der Klettersteige und eine Packliste.

Hannes sieht mich blinzelnd an: »Frag doch mal den Hüttenwirt und bring bei dieser Gelegenheit gleich ein neues Bier mit.«

Mit den leeren Gläsern in der Hand gehe ich in die dunkle Hütte hinein. Zu meiner Erleichterung spricht der Hüttenwirt ein wenig deutsch. Aufgeregt höre ich von ihm, dass er gleich am ersten Tag des Hüttenbezugs im kalten Juni von einer einzelnen Wanderin überrascht wurde. Groß, schlank, mit kurzem dunklem Haar und lustigem italienisch-deutschen Kauderwelsch hat sie ihn überredet, eine Nacht auf der Hütte bleiben zu dürfen. Nach dem Abendessen wollte er mir mehr erzählen. Zufrieden mit meinem Erfolg kaufe ich ein zweites Bier und gehe raus zu Hannes. Nach dieser köstlichen Erfrischung verrät er mir unsere Zimmernummer. Eigenartig, denke ich, dass diese Hütten ihre Zimmer wie Hotels nummerieren.

Beim Betreten des Hüttenschlafzimmers schlägt mir kalte, muffige Luft entgegen. Ich öffne das Fenster und schaue auf bleiche Berge.

Nachdem ich mich für das untere Teil eines Doppelstockbettes entschieden habe, krame ich ein wenig im Rucksack. Meinen Hüttenschlafsack werfe ich auf das Bett, nehme das kleine dünne Handtuch und gehe duschen.

Die Dusche finde ich draußen hinterm Haus. Der Mechanismus dieser Einrichtung und die Laufzeit des wärmeren Wassers erlauben kein Einseifen. Trotzdem fühle ich mich erfrischt.

Erholt versuche ich die unweit der Hütte gelegene Kapelle zu erklimmen. Noch immer mit Badelatschen an den Füßen verlangt der alpine, aber nur sehr kurze Weg einige Konzentration von mir.

Die Kapelle steht auf einer Anhöhe, umrahmt von hellen Bergen und aufragenden Felsdomen. Die heilige Schönheit dieses Anblicks verstärken leise bimmelnde Glocken und der strahlend blaue Himmel.

Im Inneren der dunklen Kapelle fühle ich Beklemmung.

An den Wänden neben dem Altar hängen zahlreiche Fotos derer, die in diesen Bergen durch Bergunfälle ums Leben kamen. Im spärlich herein fallenden Licht sehe ich rechts vom Altar ein Foto von einer Familie mit vier Kindern. So schön wie diese Bergwelt auch anzuschauen ist, so gefährlich und unberechenbar ist ihre Eroberung, ob auf den höchsten Gipfeln oder auf einfachen Wanderwegen.

Leicht fröstelnd denke ich an Ela, die hier allein in den Bergen unterwegs ist.

Aber Ela würde meine Bedenken mit einem Satz zerstreuen: »Lieber Abenteuer und Gefahr in den Bergen, als mit einem Krückstock durchs Kaufhaus, du kannst auch die Rolltreppe runterfallen und sterben, haben wir ja alles schon erlebt.«

Die Kapelle und meine düsteren Gedanken verlassend, bietet mir draußen die Natur wieder ein grandioses Schauspiel respekteinflößender Berglandschaft.

Zurückschlendernd genieße ich die Aussicht auf die schneebedeckten Gipfel und atme die herrliche kristallklare Luft.

Auf einer blühenden Wiese lege ich mich in die Sonne, schließe die Augen und versuche erfolglos, meine bisherige Welt aus dem Kopf zu verbannen.

Ela und ich trafen uns gern in der Mittagspause in meiner Buchabteilung, denn dort gab es eine kleine versteckte Leseecke mit bequemen Sesseln und Tischen.

»Na, mein lieber Bücherwurm, habe heute gleich unseren Kaffee mitgebracht«, begrüßte mich Ela an einem Tag im vergangenen, sehr heißen Sommer.

»Na, vielen Dank, bei dem Vergleich fühle ich sofort meine überzähligen Pfunde, und das von meiner besten Freundin.«

Seufzend, mit für mich typischen Schweißperlen auf der Nase, lasse ich mich in den Lesesessel fallen.

»Sei nicht so empfindlich, dafür hatte ich an der Kaffeetheke ein interessantes Erlebnis und kann was erzählen.«

Ela, wie immer schick und gestylt, schlägt damenhaft ein Bein über das andere und plaudert drauf los: »Stehe da so an der Theke und warte auf meinen Kaffee, da erscheint ganz unerwartet unser Chef Sägebrecht. Schweigend, mit grimmiger Miene schaut er auf die liebevoll arrangierten, für mich sehr verführerischen Auslagen der Süßwarenabteilung. Immerhin, unsere Kollegin Charly grüßte er, für die Verkäuferinnen reichte die Andeutung eines hoheitsvollen Nickens.

›Es ist Ihnen doch bekannt, dass wir im Zuge unserer Sparmaßnahmen die Klimaanlage des Hauses erst ab zehn Uhr morgens einschalten? Aus diesem Grund ist es doch wohl logisch, dass Sie am Vormittag vor zehn auf keinen Fall die Regale auffüllen dürfen. Sie tragen die Verantwortung für die Verluste, Süßwaren können bei diesen Temperaturen sehr schnell verderben.‹ Das Gesicht zur Faust geballt, blickte er streng über seine dunklen Brillengläser.

Charly, adrett in weißer Schürze, schaute etwas verwundert und fragte nach kurzem Zögern mit leiser Stimme:

›Und was wird nachts mit den Schokoladen im Regal, den Gummibärchen in der Tüte und den Schokokeksen in der Schütte, nach Schließung des Hauses? Und wohin mit den Pralinen und Trüffeln aus der Theke? Es ist unmöglich, über Nacht die gesamte Abteilung auszuräumen und nach 10:00 Uhr morgens wieder zu füllen. Außerdem öffnen wir doch schon 9:00 Uhr unser Kaufhaus.‹ Aber den letzten Satz hörte unser Chef nicht mehr, so schnell hatte er sich umgedreht und die Theke wieder verlassen.«

»Na, schnell weg, wenn die Probleme auftauchen. Hauptsache, die Kosten wurden planmäßig eingespart«, kommentierte ich.

»Und ab wann denken wir an den Kunden, der mit Kauf droht, leider aber keine Ware im Regal findet?«

»Genau dann, wenn unser Chef mit dem Umsatz nicht zufrieden ist. Dann muss Charly wieder eine Umsatzanalyse erarbeiten.«

»Und wehe, wenn sie das Wetter als Ursache nennt. Wetter haben wir immer.«

»Dann bleibt nur die fehlende Kundenfrequenz. Was sollen Kunden auch in einem leeren Laden?«

Ela sprang auf. »Ich muss los! Meine Sportkunden wollen schwitzen, zum Glück. Mach's gut, Lieschen, mein Bücherregenwurm, der ist ja wohl schlank genug.«

Am Abend in der warmen Hütte sitzen Hannes und ich an einem großen Holztisch gemeinsam mit anderen Wanderern. Wir genießen die dampfenden Nudeln mit

Pesto und trinken roten italienischen Hauswein. Verstohlen mustere ich die Hüttengäste und würde am liebsten alle gleichzeitig nach Ela fragen.

Gegenüber am Tisch sitzt ein Paar, selbst in Wanderkluft auffallend nach neustem Trend gekleidet. Schweigend ihre Nudeln essend, schielt die Frau immer wieder zu mir und versucht ein zaghaftes Lächeln.

Ob sie auch so aufgeregt ist wie ich? Morgen beginnt eine Tour, die ich so noch nie gewagt habe. Die für diese Jahreszeit ungewöhnlich beharrlichen Schneefelder entmutigen mich, ich habe doch keinen Winterurlaub gebucht.

Eine stämmige Alleinwanderin mit langem blonden Haar unterhält sich mit dem Hüttenwirt gleichzeitig in drei Sprachen. Das klingt lustig und es macht Spaß zuzuhören.

Endlich setzt sich der Wirt zu uns und gibt mir Gelegenheit, mich nach Ela zu erkundigen.

Er spricht sehr angenehm von ihr, nennt sie eine Dame und versichert immer wieder, Ela auf den noch reichlich liegenden Schnee und die alpinen Schwierigkeiten der Route aufmerksam gemacht zu haben.

»Ja, stimmte ich ihr zu, Klettersteige kann man auch allein gehen, denn die Fixseile ermöglichen eine gewisse Selbstsicherung. Aber gefährlich wird es, wenn es trotz ausgesetzter Stellen kein durchgehendes Stahlseil gibt oder wenn das Sicherungsseil tief unter hartem Schnee und Eis steckt.«

Hannes nickt zustimmend: »Wer alpin unterwegs ist,

sollte schon einen Partner haben. Ist auch viel angenehmer, man kann sich austauschen und gegenseitig helfen. Im Ernstfall kann der Partner für Hilfe sorgen. Macht auch so mehr Spaß, nimmt die Dramatik raus. Aber Gott hüte mich vor größeren Gruppen auf einem Klettersteig. Schlange stehen an Eisenleitern ist der Hass.«

»Da hast du recht, auch das ist lästig und gefährlich. Deshalb empfehle ich lieber einsame Routen, am besten abseits der Seilbahnen. Trotzdem bin ich der Meinung, dass auch erfahrene Klettersteiggeher nicht allein in den Bergen unterwegs sein sollten.«

Die wie aus einem Outdoor-Magazin gefallene Wanderin mir gegenüber mischt sich ein: »Unverantwortlich, allein als Frau hier zu klettern! Die Dolomiten sind doch kein spaßiges Mittelgebirge. Ständig hört und liest man von Bergunfällen in den Alpen, weil viele Bergsteiger die Gefahren einfach unterschätzen.«

Aber so wie sich Ela immer durchgesetzt hatte, so überzeugte sie auch den Hüttenwirt, dass sie gut vorbereitet und ausgerüstet wäre, um den Weg zu meistern.

Zum Schluss bemerkte er, Ela wäre so lustig gewesen und sie hätten viel miteinander gelacht.

Elas kuriose Geschichte mit dem verschwundenen Hut, die er jetzt der ganzen Runde erzählte, kannte ich natürlich schon.

Das Öffnen und Schließen von Kaufhaustüren ist logistisch immer eine schwierige Angelegenheit.

Da jede Stunde Öffnungszeit auch Kosten verursacht,

war unser Chef, Herr Sägebrecht, angehalten, das in einem zeitlich begrenzten Rahmen zu erledigen.

Nach einem aufwendig ausgetüftelten Plan, genannt Jourplan, standen die Verkäuferinnen an den Eingangstüren und erklärten eventuell noch kaufwilligen Kunden die Schließzeiten.

An einem heißen Sommertag besuchte ein auffälliges Paar so kurz vor Ladenschluss, gegen acht Uhr abends, noch die Sportabteilung.

Er war eher untersetzt im hellen Sommeranzug mit elegantem Hut, seine ihn überragende korpulente Frau trug ein modisch geblümtes Kleid, ebenfalls mit Hut. Interessiert begutachteten sie das große Angebot an Sommerhüten, das Ela sehr ansprechend und mit Phantasie aufgebaut hatte.

Den Anfang bildeten die Standardmodelle in den klassischen Farben, danach kamen die bunten modischen Hüte und gekrönt war dieser Aufbau durch reich verzierte Luxusmodelle, geschmückt mit Blüten, Bändern und Rüschen.

Ela achtete stets auf die Sortierung nach Damen- und Herrenmodellen und auf eine auffallende Dekoration.

Mit leuchtenden Augen, sie trug ihre Dienstkleidung, bestehend aus schwarzer Hose und weißer Bluse, blickte sie zufrieden auf ihren Warenaufbau, als das elegante Paar herantrat.

Ela grüßte freundlich und bot ihre Hilfe an. Dankbar nahm die Dame ihren Hut vom Kopf und probierte die neuen Modelle. Die große Auswahl erschwerte ihr die

Entscheidung, aber Ela fand mit Charme und Stilsicherheit das richtige Modell. Die Kunden zahlten und bedankten sich wortreich bei Ela.

Da fasste sich die Dame plötzlich ins Haar und rief:»Wo ist mein Hut? Ich hatte ihn doch nur kurz abgesetzt.« Aufgeregt krallte sie ihre reich beringte Hand in Elas Arm:»Fräulein, Sie wissen doch ganz sicher, wo ich meinen Hut abgelegt habe?«

Es brach die Panik aus. Ela suchte den Hut der Kundin, die Verkäuferinnen wollten ihr helfen und suchten auch und die Dame ging mit roten Flecken im Gesicht hektisch hin und her.

»Ach«, beruhigte der Herr mit beherrschter Stimme seine aufgeregte Frau,»dein Hut hat doch kein Etikett mit einem Preis und ist leicht von den anderen Hüten zu unterscheiden.«

Und so nahmen Ela und ihre Verkäuferinnen Stapel für Stapel jeden Hut in die Hand, ob eventuell das Etikett fehlte. Unter einem Aufbau strohfarbener Hüte fanden sie schließlich erleichtert den Hut und das Ehepaar stolzierte hinaus.

Der uniformierte Schließdienst hatte schon amüsiert das Geschehen beobachtet und verabschiedete die Verkäuferinnen und Ela.

Eine nette Episode fand ich, als Ela mir beim Kaffee die Geschichte erzählte.

Aber Ela erhielt eine schriftliche Rüge vom Personalchef, weil an diesem Tag der Jourplan nicht ordnungsgemäß umgesetzt wurde.

In der ersten Bergnacht schlafe ich vor Aufregung kaum. Immer wieder verwickelt im dünnen Hüttenschlafsack träume ich, dass ich an einem kalten, unendlichen Abgrund stehe und verzweifelt versuche, mein Kletterzeug aus den Tiefen des Rucksacks zu fischen. Als ich hochschrecke, bemerke ich hellen Mondschein im Zimmer. Leise schleiche ich zum Fenster und sehe Berge und Felsen im silbernen Grau, ruhig und majestätisch, in Eintracht mit einem glänzenden Mond. Aus dem Fenster lehnend genieße ich die kalte Bergluft und die ruhige und außerirdische Stimmung. Nur die Schlafgeräusche der anderen Mitbewohner durchdringen die Stille.

Wieder im Bett und schon in den Schlaf fallend, freue ich mich über meinen Entschluss, Ela auf ihrer Route zu folgen.

Der zweite Tag

Unser erstes italienisches Frühstück wird sich später in allen anderen Hütten wiederholen.

Vormittags fällt es mir normalerweise schwer, feste Nahrung zu mir zu nehmen. Aber das trockene italienische Weißbrot mit Fertigpackungen Butter und Marmelade erfordern meine komplette Disziplin zur Nahrungsaufnahme.

In Deutschland hatte ich für unterwegs noch sogenannte Power-Riegel gekauft, die auf den Verpackungshinweisen versprechen, auch mal eine Mahlzeit zu ersetzen.

Hannes tröstet mich: »Heute treffen wir tagsüber auf eine Hütte. Wenn es die Zeit erlaubt, können wir uns dort ein Mittagessen gönnen.«

Von dieser Aussicht motiviert, fülle ich meine Trinkflasche mit Tee und verabschiede mich vom freundlichen Hirtenwirt.

Hinter der Stellahütte führt ein steiler Aufstieg zum Sientiero Martinazz. Stetig bergauf stoßen wir schon bald auf ein Schneefeld.

Noch während ich überlege, wie ich auf diesem steilen Hang meine Grödl auspacken und überziehen kann, meint Hannes: »Oh, der Schnee ist gut begehbar. Der Aufstieg wird anstrengend, aber nicht schwierig. Kannst deine Grödl noch im Rucksack lassen.«

Er erklärt mir, wie ich fest und sicher auftrete und geht vor. Schwitzend folge ich seinen Fußstapfen dem immer steiler werdenden Schneefeld hinauf.

Zum Glück ist der Himmel bedeckt, doch es weht kein Wind und so wird mir immer heißer. Den Tee aus der Trinkflasche verfluche ich, er ist sehr süß und verursacht mir kurzzeitig Zahnschmerzen.

Hannes sieht erste Gewitterwolken und mahnt zur Eile.

Zum Verschnaufen drehe ich mich kurz um und bekomme Schwindelgefühle, weil das Schneefeld sehr steil unter uns liegt. Schnell schaue ich wieder nach vorn, eher nach oben, und kann kein Ende des blendend weißen Schnees erkennen.

Links und rechts ragen steinerne Massive und Felstürme empor, schimmernd im verschiedensten Grau und durchzogen von gelblichen und rötlichen Bändern.

Abrupt bleibt Hannes stehen. Er ahnt ihn mehr, als er ihn sehen kann, den Einstieg zum Klettersteig. Hannes wendet sich nach links und steuert auf eine Felsnadel zu, unsicher folge ich ihm.

»Halte an und warte!«, ruft er mir zu.

Dann beginnt er mit seinem Eispickel kleine Stellflächen in den harschen Schnee zu hacken.

»Komm!« Jetzt sehe auch ich den Einstieg im Fels, das Sicherungsseil beginnt über einer brüchigen, deshalb nicht begehbaren Eisrinne.

Mit meinem Gleichgewicht kämpfend, schnalle ich vorsichtig den Rucksack ab und entnehme das Klettersteigset. Nach meinem gestrigen Albtraum hatte ich es morgens nach oben gepackt. Mühselig und wacklig steige ich in den Gurt, dabei lasse ich kurz meinen Rucksack los, der sofort abzurutschen droht.

Hannes hilft mir schweigend, kontrolliert den Sitz des Gurtes und der Bremsen.

Die Sicht durch den Helm etwas eingeschränkt, fixiere ich das erste Seil. Noch ein kurzer wagemutiger Spreizschritt über die Eisrinne und ich kann die Karabiner einhaken.

Hannes schaut mich besorgt an, weil ich vor lauter Aufregung zittere und mich unsicher bewege. Mit einem flauen Gefühl im Magen verkrampfe ich, verfehle den ersten Tritt und rutsche ab. Mit unnötiger Kraft ziehe ich mich wieder nach oben und versuche mich zu konzentrieren, ja nicht nach unten in den Abgrund blicken. Nach Griffen und Tritten ausschauend, klettere ich höchst angespannt Stück für Stück.

Langsam gelingt es mir, die Rucksacklast auf meinem Rücken den Kletterbewegungen anzupassen und mein Gewicht mit den Füßen zu bewegen. Die Berührung des kalten Steins kühlt mich ab und beruhigt mich.

Endlich, meine Angst beherrschend, gelingt es mir, konzentriert zu steigen und mich dabei möglichst wenig am Seil hochzuziehen.

Ab und zu bietet der Steig eine nicht enden wollende Eisenleiter, ich liebe diese einfache Leitertechnik.

Behutsam macht mich Hannes auf lose oder fehlende Sprossen aufmerksam, zeigt mir defekte Verankerungen oder lockere Bretter. Dankbar versuche ich seine Hinweise umzusetzen und ohne Hektik und Schwung zu klettern.

Ela liebte Klettersteige. Immer war sie weit voraus und jubelte, je schwieriger die Anforderungen wurden. Oft kletterte ich mich selbst verfluchend hinterher, zitternd und flau im Magen.

Da aber die Klettersteige, die uns abseits der Touristenpfade führten, meist Teil der schönsten Wanderwege waren und uns, ohne dass wir wirklich den Klettersport beherrschten, zahlreiche Gipfel ermöglichten, überwand ich meine mir eigene Hasenherzigkeit und trainierte für diesen Sport.

Am Ende einer sehr hohen Leiter steigen wir erneut in ein Schneefeld ein. Hannes erklärt mir: »Der Schnee in der Brenta ist für Bergsteiger eine besondere Herausforderung. Auf den Zustiegen liegen oft noch Altschneefelder, die bis Mittag gefroren sind, deshalb brauchst du Grödleisen unter deinen Schuhen. Aber heute ist der Schnee schon aufgeweicht.«

»Sag mal, was tust du, wenn du auf einem vereisten Hang ins Rutschen kommst?«

»Weiß nicht, mich irgendwo festkrallen?«

Hannes nimmt mir die Wanderstöcke ab. »Lege dich auf den Bauch, mach mal, los. Und jetzt stemme Arme und Beine von dir weg und versuche, zu bremsen.«

Das funktioniert ganz gut, ich stehe wieder auf und wir gehen weiter.

Nach einer halben Stunde Schneestapfen treffen wir auf zwei junge Frauen, die uns munter plappernd entgegen kommen. Vermummt, mit dickem Schal und wollenen Wintermützen tragen sie große und voll gepackte Rucksäcke.

»Wo wollt ihr denn hin?«, fragen sie uns und lachen über unser Ziel, die Tosahütte.

»Das schafft ihr niemals an einem Tag!«

Hannes ist über das Geschwafel sehr verärgert und blafft die beiden unfreundlich an.

Ehe ich Luft holen kann, gehen sie schon kichernd weiter. Schade, ich hätte sie so gern nach Ela gefragt.

Ich bin sehr erschöpft, als wir endlich die Scharte durchsteigen und verschnaufen. Die vernebelte, geisterhafte Hochgebirgslandschaft kann ich nicht genießen, denn vor uns liegen weite Schneefelder, auch im Abstieg.

Hannes ist genervt, weil wir nur langsam durch den Schnee vorwärts kommen. Er zeigt mir die Technik des schnellen Abstiegs durch den Schnee: ein Bein gestreckt mit angewinkeltem Fuß dient als Bremse, das andere angezogen sorgt für Stabilität.

Ich probiere es, kann die Technik aber nicht umsetzen und falle wie ein Käfer auf meinen Rücken. Ungeschickt, mit Tränen in den Augen, stolpere ich durch den Schnee und rutsche immer wieder den Hang hinunter.

Ela konnte alles. Sie fuhr Ski wie der Teufel, kein Hang war zu steil und keine Skitour zu anstrengend.

Den ersten Schnee begrüßte sie mit Jubel und erst nach

Ostern beendete sie ihre Skisaison. Dieser Abhang hier stellte für sie bestimmt keine große Anstrengung dar.

Als ich mich nach einem erneuten Sturz aufrappele, sehe ich weit unter mir eine einzelne Gestalt. Mit sicheren Bewegungen schlittert die Person zügig den Hang hinunter. Ob das vielleicht Ela ist? Aus der Entfernung kann ich keine Einzelheiten erkennen, aber die Gestalt trägt dunkle Wanderkleidung, so wie es auch Ela liebt.
Hannes ruft mir zu, ich solle in seinen Fußstapfen absteigen und dabei fest auftreten.
Endlich mein Gleichgewicht beherrschend, finde ich einen Rhythmus, der einen etwas sicheren und zügigeren Abstieg erlaubt.
Als ich aufblicke, ist die Gestalt verschwunden.

Am Ende meiner Kräfte erreichen wir die Hütte Margherita.
Einsam und verlassen liegt das noch neue helle Holzhaus in der gezuckerten Steinwelt.
»Du kannst den Klettergurt angeschnallt lassen, wir gehen nach dem Mittagessen weiter zur Tosahütte«, stimmt mich Hannes auf weitere Anstrengung ein.
Der Hüttenwirt, ein dunkler, finster aussehender Mann, hat außer uns keine Gäste und will uns gern für die Nacht behalten. Meine Meinung dazu muss ich nicht äußern, Hannes hat die Tosahütte gebucht und damit ist die Entscheidung gefallen.
Das Mittagessen, Nudeln mit Tomatensoße aus der Dose,

schmeckt fad und fertig wie ich bin, bringe ich kaum ein paar Bissen hinunter.

Aus dem Hüttenfenster weisend, zeigt uns der Wirt eine imposante Höhle mit einem Steinkreuz. Diese Höhle, in den gegenüber liegenden Fels gesprengt, preist er als sehr sehenswerte Attraktion an. Er hat sogar einen Panoramaweg durchs Schneefeld geschaufelt. Aber geschafft wie ich bin, mit der Aussicht auf einen erneuten schwierigen Anstieg, verzichte ich auf eine Besichtigung.

Obwohl der Wirt mich mit seinen dunklen Augen enttäuscht anschaut, frage ich ihn nach Ela.

»Nein«, er zögert mit der Antwort. »Wir sind erst seit Juni hier und ihr seid die ersten Gäste. Scheißjahr, mit diesem vielen Schnee.« Dabei sieht er zu seinem Sohn hinüber, der schweigend an der Theke lehnt.

Hannes drängt zum Aufbruch. Unter dem Vorwand, die Toilette aufsuchen zu müssen, schaue ich heimlich in der Hütte nach Zeichen von Ela.

Für diese Hütten ungewöhnlich, finde ich verschlossene Türen und jede Menge Verbotsschilder in der Art: Nur Privat!

Wenn Ela hier nicht eingekehrt ist, dann muss sie sofort weiter zur nächsten Hütte gegangen sein. Ob sie nicht auch so erschöpft wie ich im Hochtal eingetroffen ist?

Ela mit ihrer Wagehalsigkeit und ihrem Mut beherrscht eine Sportart sehr schnell, aber konditionell konnte ich immer mit ihr mithalten.

Wieder kämpfen wir uns in Schneefeldern aufwärts, unser Ziel ist der ausgesetzte Sentiero Castiglioni. Die Gewitterfront ist abgezogen und unbarmherzig scheint die Sonne nun auf den weißen Schnee.

Nach nur kurzen einzelnen Kletterpassagen geht es ab Erreichen der Scharte wieder steil bergab. Oft bleibe ich stehen und sehe bizarre steinerne Massive, durchzogen mit hellen Bändern und gekrönt von aufragenden Felstürmen. Den Schweiß immer wieder aus dem Gesicht wischend, staune ich über die Erhabenheit dieser Naturschönheiten.

In der außerirdisch anmutenden alpinen Bergwelt erscheinen mir meine Sorgen und mein sonst täglicher Kampf um Nichtigkeiten klein und unbedeutend.

Nach zwei Stunden hören wir Klopfgeräusche und fragen uns nach deren Ursache. Hannes kann sie nicht zuordnen, aber als er die Hütte erblickt, fängt er an, laut zu schimpfen: »Die reparieren das Dach, mitten in der Saison, das gibt es doch nicht! Warum informieren die nicht mein Büro?«

Er erzählt mir von vermeidbarem Stress mit seinen Gästen, die unterwegs von ihren Erwartungen enttäuscht, nachträglich das Bergsteigerbüro mit Beschwerden überhäufen.

Mit Kundenbeschwerden kenne ich mich auch sehr gut aus, sind diese Auseinandersetzungen doch tägliche Praxis in jedem Kaufhaus.

Unserem Filialleiter, Herrn Sägebrecht, war immer wichtig, dass diese Beschwerden recht schnell durch einen Abteilungsleiter oder Verkäufer geklärt wurden. Auf keinen Fall wollte er zur Lösung beitragen, denn dann hätte er eventuell Schwächen oder Mängel im System zur Kenntnis nehmen und über Veränderungen nachdenken müssen.

Als wir die Hütte erreichen, fahren die Dachdecker mit ihrem Jeep davon.
Zu unserer Erleichterung ist die Hütte freundlich, sauber und gut ausgestattet. Wir sind die einzigen Gäste.
Müde ziehe ich mir die nassen Wandersachen aus, stelle mich unter die warme Dusche und entspanne. Das warme Wasser ist so ausreichend, dass ich mir auch die Haare waschen kann.
Der freundliche Hüttenwirt zeigt mir eine Trockenmöglichkeit für meine noch schneenassen Wanderhosen.
Mit kuscheliger Skiunterwäsche und Nachtsocken lehne ich mich an den wohlig warmen Ofen im Hüttenspeiseraum, lege die Beine hoch und schließe kurz die Augen.
Der Hüttenwirt, ein freundlicher, blonder Mann mit schönen grauen Augen, spricht leider kein Deutsch und deshalb warte ich auf Hannes, um meine Frage nach Ela zu stellen.

Oft sind Ela und ich nach einem langen anstrengenden Tag im Kaufhaus mit müden Beinen zum Parkplatz geschlichen. Selbst eine grüne Ampel konnte uns Sportler nicht zu einem schnelleren Schritt veranlassen.

Froh, nach Feierabend, spät abends, nach zehn Stunden Klimaanlage noch ein wenig frische Stadtluft zu erhaschen, schnupperten wir gierig die Kälte.

Der Duft von Glühwein und Bratwurst, der vom Weihnachtsmarkt lockte, zog uns nicht an. Wir sehnten uns nach der Freiheit und Ungebundenheit in der Natur, in den Bergen.

Obwohl die Geschäfte und damit ebenso unser Kaufhaus gerade in der Wintersaison auch am Sonntag öffneten, beklagte sich Ela darüber nie, das gefiel mir an ihr.

Gemeinsam träumten wir von unserer kommenden freien Zeit, schmiedeten Wanderpläne und dachten uns neue Routen aus.

Manchmal verwirklichte Ela unsere Träume allein, denn meine Freizeit widmete ich natürlich vorrangig meiner Familie. Seit unser Sohn aus dem Haus ist, bestärkt mich mein Mann, mehr mit Ela zu unternehmen. Er weiß, mit wie viel Begeisterung und Spaß wir gemeinsam klettern gehen.

Der Duft aus der Küche und Hannes Frage: »Was möchtest du heute zu Abend essen?«, unterbrechen meine Gedanken. Ich entscheide mich für die Gemüsesuppe, jede Art Wärme ist heute eine Wohltat.

Die Minestrone schmeckt ausgezeichnet, auch der duftende Apfelstrudel danach und der leichte rote Hauswein heben meine Stimmung.

Der stille Hannes taut auf und erzählt mir von seiner Familie und seinen zwei kleinen Söhnen.

»Wandern deine Kinder gern, gehst du viel mit ihnen raus?«, frage ich in der Hoffnung, zahlreiche Tipps zur Motivation anderer zu erhalten.

»Kinder wandern nie gern, das ist denen viel zu langweilig. Man muss immer was bieten: Abenteuer, Spaß und Action. Letztes Jahr bin ich mit meinen Söhnen über einen Gletscher gewandert, das fanden die cool.«

Gespannt lausche ich auch seinen Geschichten und Anekdoten aus der Bergsteigerszene, die er gut kennt. Wir reden und reden, lachen und trinken noch eine Karaffe Wein.

Später berichtet er von den Anfängen seiner Bergsteigerkarriere und den Problemen mit seinen Gästen. Seiner Meinung nach sind ehrgeizige, sich selbst überschätzende Kunden für das Leben eines Bergführers gefährlicher als Unwetter und Lawinen.

»Stell dir vor, es gibt Gäste, die diese Bergtouren buchen und meinen, damit auch den Gipfel und den Erfolg bezahlt zu haben. Aber das geht nicht, die Natur kannst du nicht bestellen und per Rechnung anweisen.« Vor Eifer hat Hannes rote Flecken im Gesicht.

»Oft trainieren sie fleißig im Fitnessstudio, fühlen sich perfekt, aber sie sehen die Gefahren am Berg nicht. Sie bestehen dann auf vereinbarte Routen und Gipfel ungeachtet der aktuellen Verhältnisse und trotz schlechtem Wetter.«

»In solchen Fällen hat es der Bergführer bestimmt

schwer, seine Gäste zu überzeugen?«, frage ich und fülle gleichzeitig die Gläser mit dem Hauswein nach.

»Wir trainieren das regelmäßig, Konfliktbewältigung. Besonders schwer ist es für die jungen unerfahrenen Bergführer, oft haben sie die Situation nicht mehr im Griff und begeben sich unnötig in Gefahr.«

Hannes trinkt mit einem Zug das gefüllte Glas aus und spricht mit ernstem Gesicht: »Ich habe mir geschworen, dass ich niemals in den Bergen wegen eines Gastes sterbe!«

Lächelnd nicke ich ihm zu: »Das höre ich gern, das beruhigt mich sehr, denn so komme ich auch wieder heil im Tal an.«

Nach diesem schönen, warmen und lustigen Abend am Ofen falle oder krabbele ich nur so in meinen Hüttenschlafsack und schlafe sofort ein.

Morgen früh frage ich nach Ela!

Der dritte Tag

Ein eiskalter Luftzug weckt mich am Morgen, früh am Morgen. Gut so, denke ich, nun ist genug Zeit, trotz meiner umständlichen Rucksacklogistik, pünktlich zum Frühstück zu erscheinen.

Ich wundere mich, wie ausgeruht und wohl ich mich fühle. Gute Laune zum Tagesbeginn genieße ich nur selten, auch Hannes sitzt schon schmunzelnd am Frühstückstisch.

»Buon giorno«, begrüßt uns der Hüttenwirt und bietet uns an, mit ihm gemeinsam nach dem Frühstück die hütteneigene Kapelle zu besuchen. Während er uns starken italienischen Kaffee ausschenkt, erzählt er, dass eine Schneelawine im Winter das Hüttendach eingedrückt hatte. Er und seine Helfer haben die Saison mit einer schneegefüllten, defekten Hütte begonnen. Die Reparatur des Daches wird leider noch etwas Zeit beanspruchen, aber zum Glück sind die anderen Arbeiten abgeschlossen.

Draußen empfangen uns erste Sonnenstrahlen und nur vereinzelte Nebelfelder hängen fest an den Gipfeln der Bergmassive. Gemeinsam mit dem Hüttenwirt schlendern wir langsam den Weg zur Kapelle hinauf.

Ela war hier als erste Wanderin der Saison einige Tage Gast in der Hütte und durchstreifte die umliegenden Berge. Es wundert mich nicht, dass sie sich an diesem freundlichen Ort und bei diesem charmanten Hüttenwirt wohl gefühlt hat.

Trotz der widrigen Schneeverhältnisse ist sie vor einer Woche mit unbekanntem Ziel aufgebrochen.

Von der Kapelle aus haben wir einen schönen Blick ins Tal. Die Männer betreten die Kapelle, doch ich kann mich von der Aussicht nicht losreißen und bin für wenige Minuten allein.

Unser Einkauf hatte einen viel zu großen Posten Sommerartikel an Land gezogen. Der Kunde kauft aber Sommerwaren wie Paddelboote, Surfbretter bis hin zu trendigen Badehosen meist nur dort, wo es auch Wasser in Form von Meer oder Badeseen gibt. Das ist in Kaufhaus-Innenstadtlagen eher selten.

Ela wollte gern in ihrer Sportabteilung das Thema Wandern aufbauen, da wir in Stadtnähe und Umgebung statt Badeseen jede Menge Berge haben. Das Thema Wassersport sah sie eher als Randsportart im hinteren Bereich der Abteilung, für die sogenannten Zielkunden.

Unser Filialleiter, Herr Sägebrecht, für seinen Anzug benötigt er eine Übergröße, hatte zwar keine sportlichen Ambitionen, wollte aber mit der Präsentation der Sommerartikel bei seinem Chef in der Einkaufszentrale glänzen. Außerdem rechnete er schon begeistert mit dem aufgrund der gut kalkulierten, hochpreisigen Sommerware zu erwartenden Gewinn für seine Filiale.

Ela vertrat als erfahrene Händlerin die Meinung, dass diese Rechnung nicht aufgehen konnte. Mit flottem

Schritt eilte sie zum Geschäftsführerbüro, klopfte an und durfte eintreten. Mit ihrer beredten Argumentation, Vor- und Nachteile abwägend und den Nutzen für Geschäft und Kunden hervorhebend, sprach sie geraume Zeit auf unseren Chef ein. Dann sah sie ihn erwartungsvoll an.

Herr Sägebrecht thronte hinter einem großen Schreibtisch, schwarzer Anzug, blütenweißes Hemd, Krawatte farblich passend zu Schnürsenkeln und Schuhsohlen und faltete seine gepflegten Hände.

»Kunden fahren auch in den Urlaub … Da ist es doch besser für uns, sie kaufen ihr Equipment in der Heimat … Außerdem haben wir keinen Entscheidungsspielraum, diese Aktion wurde uns von ganz oben angewiesen.«

Ela hörte nicht, weil ihr Eifer die Zwischentöne absorbierte, dass unser Chef längst seine Meinung dem Wunschdenken seines Vorgesetzten angepasst hatte.

»So«, sagte er, der Diskussion längst überdrüssig. »Wir gehen jetzt mal gemeinsam vor die Tür, draußen vor die Eingangstür. Wenn da Ela Lordmann dran steht, machen wir es vernünftig. Sollten wir aber Kaufhaus lesen, dann machen wir das, was unser Chef von uns will.«

Trotz Elas Protest musste sie mit ihm die Rolltreppe nach unten fahren, durch den Haupteingang gehen und die unwürdige Lesung über sich ergehen lassen. Neugierig blieben auch ein paar Passanten stehen und sahen hinüber. So gewann der Wassersport.

Es war auch kein Trost für Ela, dass es nicht zum erhofften Gewinn reichte. Die tollen Sommerartikel wurden in dem verregneten Sommer noch mehrmals preislich nach unten gesetzt und führten zu Verlust in unserem Warenhaus-Betriebsergebnis.

Als wir die Kapelle verlassen, empfängt uns eine strahlende Morgensonne. Schweigend genießen Hannes und ich den langsamen und entspannten Aufstieg auf einem Wanderweg. Ein wolkenloser Himmel über uns verspricht einen sonnigen Tag.

In der Brenta ist schönes Wetter ein seltenes Glück, trotzdem sind wir erleichtert, noch im Schatten der Berge aufsteigen zu können.

Zum Genießen und nicht zwingend zum Luftholen, legen wir Verschnaufpausen ein, schauen hinunter ins Tal und weit zum Horizont. Allein auf dem Weg tauchen wir ein in die stille und entrückende Bergwelt.

Gemeinsam mit ein paar Gämsen klettern wir über Steine und Geröll. Eine vorwitzige Gämse steht filmreif auf einem grauen Gesteinsblock und beobachtet, wie wir uns Schritt für Schritt nach oben kämpfen.

Der Palmieri alto führt uns auf einen Sattel und wir schauen in ein wildes Hochtal. Geblendet von der Schönheit der vor uns liegenden Natur bleiben wir gebannt stehen. Vor unseren Augen entfaltet sich ein märchenhaftes Zauberreich. In einem Rahmen aus hellen Bergmassiven und gewaltigen Schutthalden wechseln sich glitzernde Schneefelder mit blühenden Almwiesen ab, in glasklaren Seen spiegeln sich die zerklüfteten Berge. Auf grünen Wiesenteppichen blühen mir unbekannte geheimnisvolle Blumen, die in klaren leuchtenden Farben dem Himmel entgegen strahlen.

In der schon wärmenden Sonne lassen wir uns fallen, schnallen die Rucksäcke ab und staunen immer noch schweigend über diese Wunder. Die himmlische Stille wird nur unterbrochen von den Pfiffen der Murmeltiere und dem Grollen der Gesteinshalden.

Wir beobachten Gämsen, die sich in den Schneefeldern tummeln. Wie spielende Kinder rutschen sie die Schneehänge hinunter, drehen sich übermütig, rennen, springen und hopsen. Hannes kann nicht aufhören, sich darüber zu amüsieren.

Ich empfinde deutlich Glück. Dankbar bin ich für das Geschenk, diese wunderbare Bergwildnis zu sehen und zu genießen.

Schließlich reißen wir uns los, stehen auf und gehen weiter.

Die Schönheit des Tages fortsetzend, lässt mich der reizvolle Wanderweg weiter auf meiner Glückswolke schweben. Kleinere Kletterpassagen verstärken mein Gefühl, dem Himmel näher zu sein. Nie hätte ich erwartet, dass diese Wunder noch nicht erschöpft sind.

Beim leichten Durchstieg über eine verkarstete Hochebene erleben wir eine außerirdisch schöne Mondlandschaft. Unser Weg führt über weite Flächen aus hellem, von zahlreichen Rinnen durchzogenem Dolomitgestein.

Die ausgebleichte Hochfläche mit einem ständigen Wechsel von Licht und Schatten scheint das Schachbrett eines Gottes zu sein, gigantische Felsbrocken die Schachfiguren. Das Spiel, aufgebaut zwischen Kathedralen, Türmen und Ruinen aus Stein, gestaltet ein märchenhaftes Muster der menschlichen Träume.

Als könnten sie die Sonne und die Wärme in ihrem Inneren speichern, erstrahlen die umliegenden Berge in einem außerirdischen Licht. Dazu herrscht eine Stille und Ruhe, ähnlich der Atmosphäre an heiligen Orten oder in Kirchen.

Meine Seele löst sich von meinem schweren Körper und schwebt über mir.

Auf einer Plattform aus wärmendem Stein mit Blick ins weit entfernte Tal hocken wir uns hin und pausieren. Hinter uns thronen die Bergketten des Tramontana-Tals und vor uns liegt die Welt der Dolomiten. Unter uns ahnen wir den Gardasee und Molveno.

Mit einem herrlichen Gefühl der Freiheit und Ungebundenheit tu ich das, was mich glücklich macht.

Angekommen am Rand eines Canyons, sehen wir auf dessen anderer Seite die Bassahütte.

Dass der Weg dahin noch sehr weit ist, macht uns in Gegenwart dieser Berge, der strahlenden Sonne und des blauen Himmels nichts aus.

Jetzt kommen uns auch Wanderer entgegen. Ein kurzer Gruß und wir sind wieder allein. Unbewusst verlangsamen wir unsere Gangart, als hätten wir geahnt, dass uns die Bassahütte ernüchtert.

Die Hütte ist vollgestopft mit lärmenden Wanderern. Überfordert gestattet uns das Hüttenpersonal erst ab

18:00 Uhr zu duschen, um 19:00 Uhr sei dann das Abendessen.

So streife ich ein wenig durch die Umgebung.

Der Hüttenstandort ist schattig und kalt, umringt von
einer gigantischen hellgrauen Bergwelt. Weiter unten,
am Winterbettenhaus der Hütte, findet die Sonne noch
eine Lücke im Bergmassiv und für mich ein stilles warmes
Plätzchen.

Wir beide, Ela und ich, studierten Betriebswirtschaft,
wenn auch an verschiedenen Hochschulen. Kennen-
gelernt haben wir uns als Quereinsteiger im Kaufhaus,
erstaunt darüber, dass wir gleichzeitig merkten, dass so
ein achtstündiger Bürojob nichts für uns ist.

Damals suchte der Handel noch händeringend Personal,
überall wurden Geschäfte und Kaufhäuser neu eröffnet.

Der hektische, aber abwechslungsreiche Kaufhaustag,
der spät beginnt und spät endet, erschien der quirligen
Ela die Erfüllung zu sein. Kein Tag glich dem anderen.

Ständig neue Kundenanliegen, natürlich auch Kundenbeschwerden, wechselnde Saisons und neue Trends hiel-
ten uns in Bewegung.

Ela entdeckte ihre Begabung zur Mitarbeiterführung,
neue Ideen zum Warenaufbau gingen ihr nie aus und ihr
Organisationstalent half ihr bei einem reibungslosen
Geschäftsablauf. Nach den ersten Erfolgen wurde sie ins
Einkaufsteam berufen, lernte die Herstellerfirmen kennen,
erfuhr sofort von neuen Trends und entwickelte sich zu
einer gefragten Fachfrau der Sportbranche.

Ela hatte keine Familie, ihre Eltern waren schon sehr früh gestorben. Aufgrund dieses traumatischen Erlebnisses wollte sie nie einen Partner und Verantwortung für Kinder übernehmen.

Gemeinsam ein Feierabendbier im Paulaner genießend, diskutierte ich mit ihr, sich nicht völlig einem Job auszuliefern.

»Ach Elisabeth, du und deine Großfamilie: Ehemann, Sohn, Eltern, Schwiegereltern, Brüder, Nichten und sonst noch alles. Wann liest du eigentlich deine vielen Bücher?«

»Darum geht es nicht, Ela. Aber heute hast du wieder die Spätschicht übernommen, das ist bei dir mittlerweile die Regel.«

»Ach, das macht mir nichts aus. Ich hatte auch noch zu tun, die Bestellung Wintermützen musste raus und unser Chef Sägebrecht forderte noch dringend eine Bestandsanalyse der Sportschuhe. Und jetzt Prost!«

Ela hob ihr Glas und trank. Ich wunderte mich, anzusehen waren ihr die Überstunden nicht. Das kurze schwarze Haar modisch zerzaust, das dezente Make-up noch perfekt und ihre Bluse strahlend weiß, saß sie gepflegt und gut gelaunt neben mir.

»Trotzdem, du übertreibst es. Dieser Job in der Buchabteilung, den ich wirklich sehr gern mache, ist ein Job zum Geld verdienen. Er ist nicht Sinn meines Lebens und dieses Kaufhaus ist keine Familie oder Kirche.«

»Oh, unser Chef Sägebrecht wäre so gern ein Gott.«

»Ela, ich meine das ernst. Jeder Job ist früher oder später

zu Ende, aber das Leben geht weiter. Dieses glitzernde Kaufhaus kommt mir vor wie ein Kartenhaus, immer kurz vorm zusammenfallen. Denk mal an die Zeiten der Insolvenz, die unser Haus gerade so überstanden hat und jetzt sind die Eigentümer keine Händler mehr, sondern Immobilienhaie.«

»Ach, die Geschäfte laufen doch gut, und wir sind schon ewig dabei und es macht mir immer noch so viel Spaß.«

»Das zählt nicht. Unser Management spart, an jeder Ecke, auch wenn es Umsatz kostet. Neuerdings verdienen sie mehr an Vermietung als dass unser gutes Geschäft Gewinn abwirft. Du wirst einen Plan B für dich entwerfen müssen.«

»Meinen Sport habe ich und das reicht. Lieschen, mach nicht aus allem eine Philosophie!«

An einem verregneten Samstag besuchte mich in in der Buchabteilung unser pensionierter Kaufhausdirektor Herr Wiedemann.

Ich freute mich darüber, gehörte er doch zur alten Kaufhausschule mit tadelloser Kleidung, guten Manieren, eigener Meinung und Kampfgeist für sein Geschäft.

Er begrüßte mich lächelnd mit festem Händedruck, ebenso die Verkäuferinnen und fragte: »Frau Berger, was gibt es Neues? Habe ich eine interessante Neuerscheinung verpasst?«

»Ach Herr Wiedemann, bei uns können Sie nichts mehr verpassen. Die Buchabteilung wurde verkleinert und wir führen nur noch die Titel der Bestsellerlisten.«

»Und was verkaufen Sie dann stattdessen?«

»Die freie Fläche wird vermietet. Unser Chef, Herr Sägebrecht, belehrte uns, dass eine sichere regelmäßige Miete besser ist als eine unsichere Umsatzerwartung. Außerdem ist seine Meinung, Bücher werden nicht mehr verkauft, das eBook sei die Zukunft.«

»Hhm, dann veranstalten Sie auch keine Buchlesungen oder Autogrammstunden mehr?«

»Nein, Veranstaltungen sind generell nicht mehr gewünscht, zu kostenintensiv. Keine Konzerte mehr, keine Produkteinführungen, keine Ausstellungen, nichts mehr, in keiner Abteilung.«

»Hhm, wenn ich keine Bücher mehr finde und auch sonst nichts Tolles passiert, wie bekommt Ihr Chef die Kunden in den Laden, wie sorgt er für Kundenfrequenz?«

»Wir geben unseren Kunden Rabatte, Preisvorteile und Gutscheine. Brandneu ist die Idee, die Gutscheine außen an die Schaufenster zu kleben.«

»Hhm, diese Maßnahmen kosten aber auch, wenn das mal gut geht. Lassen Sie sich nicht unterkriegen, Frau Berger! Auf Wiedersehen!«

Traurig sah ich ihm hinterher. Er kannte noch den Bürgermeister persönlich und engagierte sich für die Stadt und deren Handel. Immer offen für kulturelle als auch für soziale Projekte, sah er über den Tellerrand Kaufhaus hinaus und sorgte so für langfristige Perspektiven in unserem Geschäft.

Herr Sägebrecht, unser amtierender Kaufhausdirektor, vertrat die neue Geschäftsphilosophie des Warenhauses: Kosteneinsparung, Kosteneinsparung, Kosteneinsparung ...

Er nannte das Kaufhaus nicht sein Geschäft, sondern sprach immer von »dieser Hütte«. Seine erste Besprechung mit uns Abteilungsleitern fand an einem verregneten Tag im Mai statt.

Wir Händler lieben Regen, der uns zahlreiche Kunden bringt, und so trafen wir gut gelaunt im tristen Sitzungsraum ein.

Unser Chef wartete schon mit gesenktem Kopf und verschränkten Armen. Eintretenden Abteilungsleitern nickte er stumm zur Begrüßung zu. Als Ela durch die Tür stürmte, sahen alle auf.

»Einen wunderschönen Tag!« Sie lächelte und sah gut aus in ihrem perfekt sitzenden Anzug. Ihre Haare waren etwas zerzaust und auch die leichte Röte in ihrem Gesicht verriet ihren eiligen Schritt, um pünktlich zu sein.

Unser übergewichtiger Abteilungsleiter für Töpfe und Pfannen schnaufte: »Na, liebe Kollegin, wieder gerannt und doch nicht den Wettbewerb gewonnen?« Dabei versuchte er seine Krawatte wieder so zurechtzurücken, dass diese die aufgespannte Knopfleiste seines Hemdes überdeckte.

Unser Dekorateur trat als Letzter ein, das tat er immer. Mit seinem schütterem, aber für ihn typischem langen und wehenden Haar setzte er sich grußlos auf einen freien Stuhl.

»Hoffe doch, dass wir jetzt vollzählig sind«, begann unser Chef, Herr Sägebrecht, die Besprechung. Seine Augen blickten versteckt durch eine große, dunkle Brille und seine kräftigen Finger spielten mit einem glänzenden Ring. Wir diskutierten über Umsatzchancen, Ursachen für Einbußen und fehlende Kundenfrequenz. Ela erklärte den anderen ihre nie ausgehenden Ideen und neuen Vorschläge, einige Kollegen verdrehten genervt die Augen. Mein dicker Kollege fragte: »Warum gibt es heute eigentlich keinen Kaffee?«

»Herrschaften!«, unterbrach unser Chef die Diskussion. »Ab sofort beginnen andere Zeiten … Demokratie ist jetzt vorbei! Bitte behalten Sie Ihre Meinung für sich, die tut nichts zur Sache. Es gibt klare Anweisungen, die Sie zeitnah und ohne Einwände zu erledigen haben. Wenn Sie das nicht können, dann suchen Sie sich schnell einen anderen Job. Sollten Sie Knete auf Ihrem Konto sehen wollen, dann bewegen Sie Ihren Hintern so, wie ich es Ihnen sage.«

Wir erstarrten und schauten uns sprachlos an.

Nur der Dekorateur hatte ein finsteres Grinsen im Gesicht: »Und ich will euch mitteilen, dass ab sofort jede Dekoration, jeder Umbau und jedes Preisschild mit mir abzusprechen ist. Keine Eigeninitiative mehr!« Mit theatralischer Geste strich er eine graue Haarsträhne aus seinem Gesicht.

Wir Abteilungsleiter schwiegen immer noch.

Unser Chef, Herr Sägebrecht, entließ uns mit einem nun von ihm oft benutzten Satz: »Wenn Sie keine Fragen mehr haben, können Sie jetzt an Ihre Arbeit gehen.«

Wir hatten keine Fragen mehr.

Dieser Führungsstil, gepaart mit einer arroganten Ignoranz dem Markt gegenüber, führte unweigerlich zu sinkenden Umsätzen.

Die Personaleinsparungen begannen mit dem Verzicht auf die Funktion Abteilungsleiter, später ersetzte Herr Sägebrecht seine Verkäufer mit preiswertem Personal irgendwelcher Agenturen.

Die Kündigung kam also nicht unerwartet, aber nach unserem langen treuen Dienst für diese Firma war es doch ein qualvolles Sterben.

Obwohl ich pünktlich die Duschzeit einhalte, muss ich mich in eine Warteschlange einreihen und noch eine gefühlte Ewigkeit auf das Freiwerden der einzigen Hüttendusche warten. Schweigend stehen wir Hygienefanatiker im Duschraum der kalten und zugigen Hütte.

Von der kurzen Dusche nur unzureichend erwärmt, schleiche ich zitternd in den geheizten Speiseraum.

Das Abendessen schmeckt nicht, Hannes rührt sein Gulasch mit Polenta nicht an. Doch das verdirbt uns nicht die gute Laune, dafür waren die Eindrücke des Tages zu stark.

Anstrengend, weil wir gegen die Lautstarke im Gastraum anschreien müssen, aber glücklich, tauschen wir uns über unsere heutigen Erlebnisse aus. Ich bin erstaunt darüber, dass sich Hannes trotz seiner langjährigen Bergerfahrung immer noch unbefangen und begeistert wie ein Kind an diesen Wanderrouten erfreuen kann.

Nach einer Runde kratzigem Grappa erzählt mir Hannes von seinen Bergtouren. Gespannt höre ich zu, welche Konzepte und Strategien er sich ausdenkt, um seine Gäste für die ganz großen Abenteuer wie den Mont Blanc oder das Matterhorn fit zu machen.

»Solche Hochtouren erfordern etwas Geschick.« Hannes setzt sein Oberlehrergesicht auf. »Vor dem Gipfelsturm trainieren wir schon mal auf nahegelegenen, alpinen Touren, das ist dann auch gleich eine gute Gewöhnung an die Höhe. Sich erholen, gut essen und ausschlafen können unsere Gäste in bequemen Hotels. Erst danach wird es ernst, wer gut drauf ist, kann mit uns nach oben starten. Optimal ist immer, wenn der Gast schon mal bei uns leichtere Touren gebucht hatte.«

»Dann kennst du ihn und kannst sein Potential besser einschätzen?«

»Genau«, pflichtet mir Hannes bei.

Na, denke ich, die jetzige Tour ist mir Abenteuer genug.

Aus dem kleinen Fenster in unserem Schlafzimmer sehe ich einen wundervollen Mond vor bleicher Bergkulisse.

Ach Ela, wen hätte ich hier nach dir fragen können?

So viele Menschen, aber alle sind nur mit sich selbst beschäftigt. Junge Wanderer aus Amerika, erfahrene Bergsteiger aus Bayern, eine lustige Gruppe aus Tschechien und der Rest der Welt kommen nicht miteinander ins Gespräch, sitzen an ihren Tischen und verharren in ihrem Universum.

Der vierte Tag

Morgens aus dem Fenster sehe ich, dass die Welt unter uns in einem geheimnisvollen Nebelmeer versunken ist, nur die Spitzen und die Gipfel der Berge ragen heraus. Die glasklare Luft einatmend, empfinde ich wohltuend die seidige, außerirdisch schöne und mystische Stimmung. Über dem Nebel am zartblauen Himmel scheint schon die Sonne, taucht, was sie erreichen kann, in strahlendes weißes Licht.

Das Frühstück schmeckt noch weniger als das Abendessen. Der Kaffee wird kalt und lieblos in Suppenschalen serviert.

Wir beeilen uns und können trotzdem dem allgemeinen Aufbruch nicht entfliehen. Alle Wanderer packen gleichzeitig und schnallen Rucksäcke und Klettergurte fest. Es ist laut, eng und nervig.

Hannes geht mit mir raus und in Socken laufen wir die ersten Meter, bevor wir einen Platz finden, um uns zu rüsten und die Wanderschuhe anzuziehen.

Erleichtert stelle ich fest, dass die anderen Wanderer in verschiedene Richtungen gehen, aber nicht unseren Weg wählen. Hannes vermutet, dass die Schneeverhältnisse die anderen von unserer Route abhalten.

»Unser Klettersteig, der Bocchette-Weg, ist sehr exponiert, nichts für Anfänger oder Massentourismus. Komm, packen wir's!« Er dreht sich um und geht los.

Nach wenigen Minuten sind wir wieder allein in unserer Welt, heute eine Bergwelt in Watte gepackt.
Zuerst geht es wie die Tage zuvor erst mal steil bergauf, durch eine noch tief verschneite Scharte, Schritt für Schritt.
Angekommen am Klettersteig, freue ich mich auf die Kraxelei, die mir im Vergleich zu der anstrengenden Stapferei durch den Schnee weniger aufregend erscheint.
Der Bocchette-Weg ist ein abwechslungsreicher Klettersteig: Stufen, Leitern, Rinnen und Schluchten bis hin zu den grandiosen Querpassagen auf den Brentabändern.
Ohne Schwierigkeiten meistere ich den gut gesicherten Klettersteig und genieße dabei die steinerne, unheimliche Bergwildnis.
Im Wechsel mit kurzer steiler Stufenkletterei, unterstützt von imposanten hohen Leitern, verläuft unser Weg horizontal auf bequem zu laufenden Felsbändern. Diese schmalen Wege bieten umlaufende Sicherungen am Fels auf der einen Seite und gestatten, wenn ich mich traue, ungehindert berauschende Tiefblicke auf der anderen Seite.
Heute verschwindet die Welt unter uns in einer gewaltigen Wolkendecke, über uns türmen sich beeindruckende schroffe Felsen und steil aufragende Pfeiler.
Wie schwebend erlebe ich die wilde Schönheit dieser himmelstürmenden Natur, gekrönt durch wohltuende

Ruhe und Einsamkeit. Nur das elegante Schwingen und Gleiten der schwarzen Dohlen mit ihrem heiseren Gekrächze mahnt mich der Unberechenbarkeit dieser gefährlichen Bergwelt.

Ich fühle, wie ich meine Sorgen und Ängste unter dem Wolkenmeer verschwinden lassen kann. Sollen sie, die kleinen Menschen, doch kaufen und verkaufen, handeln und streiten, hetzen und stressen. Ich stehe hier oben und sehe gelassen diesem scheinbar sinnlosen Gewusel zu, werde aber doch erleichtert sein, von dieser Höhe mit der grandiosen Übersicht auf die Dinge wieder sicher zurück auf die Erde zu gelangen.

Meinen Gedankenflügen wird immer dann ein Ende gesetzt, wenn aufregende Kletterei hoch an den Wänden meine volle Konzentration erfordert. Zum Glück erleichtern Leitern die schwierigsten Passagen an für mich sonst unüberwindbaren Überhängen.

Hannes gibt mir unaufgeregt behutsame Hinweise und hilft mir bei ausgesetzten Stellen. Immer wieder stoßen wir auf Schneefelder in Rinnen und Schluchten.

Wenn der Weg und das Seil noch zugeschneit sind, können wir oft nur eine undeutliche Trampelspur erkennen. Hannes prüft jedes mal sorgfältig die Schneeverhältnisse und entscheidet, ob wir der Spur folgen können oder eine neue in den Schnee stapfen.

An einer tückischen Eisrinne bleibt Hannes stehen. Er überlegt kurz, prüft den Schnee, klettert ein Stück den Hang hoch und kommt zurück. Dann packt er einen Eispickel und ein Seil aus seinem Rucksack und baut eine

Sicherung. Seine Bewegungen sind ruhig, konzentriert und sicher, jeder Handgriff sitzt, unnötige oder hektische Handlungen vermeidet er.

»Komm«, lautet seine knappe Aufforderung.

Schritt für Schritt gehe ich konzentriert die steile Eisrinne entlang, bis ich wieder auf Felsen trete und den Klettersteig erreiche.

Froh, so einen erfahrenen Bergführer an meiner Seite zu haben, frage ich mich, wie Ela allein diese schwierigen Stellen gemeistert hat.

Ein Stück weiter treffen wir auf eine Gruppe junger Wanderer, die uns ausführlich über die Beschaffenheit des Weges und über die herrschenden Schneeverhältnisse befragen. Hannes mustert sie prüfend und rät ihnen dringend ab, die Tour mit Turnschuhen und ohne Kletterausrüstung fortzusetzen.

»Vor fünfzehn Minuten querten wir eine Schneepassage, teilweise vereist. Das Sicherungsseil liegt noch unterm Schnee, deshalb müsst ihr euch selbst sichern. Das war die schwierigste Stelle, aber es kommen weitere kleinere Scharten voller Eis und Altschnee.«

»Oh, die ganze Tour zurück? Ob ich das schaffe?« Ein Mädchen aus der Gruppe stöhnt.

»Habt ihr eine Karte? Dann zeige ich Euch einen Notausstieg, der müsste für euch machbar sein.« Hannes erklärt ihnen den Weg, sie danken und gehen zurück.

Ähnliches spielt sich ab, als wir auf ein Wanderpaar stoßen, allerdings tragen diese wenigstens Wanderschuhe und haben eine Kletterausrüstung.

Das schon sehr genervte Paar, die Frau reibt ihre vor Anstrengung geröteten Augen, kehrt nicht um. »Diesen langen Weg gehen wir nicht zurück, komme was da wolle!«

An den Stellen, wo sich die Brentabänder nur sehr schmal und niedrig an den Fels klammern, müssen wir auch mal krabbeln oder kriechen, mit einem Rucksack auf dem Rücken schon eine Herausforderung.

Angelehnt an einem schattigen Felsen, die Augen geschlossen und das Wasser aus meiner Trinkflasche genießend, höre ich plötzlich einen langen menschlichen Schrei.

Hannes schaut mich an:»Das war die Frau, die unbedingt weitergehen wollte. Warum hören diese Leute nicht und setzten sich ohne Not Angst und Schrecken aus?«

Fragen dieser Art kann ich nie beantworten.

Mich schützt schon immer mein starkes Sicherheitsbedürfnis. Selten gelang es jemanden, mich zu überreden, etwas Gefährliches zu wagen. Schon als Kind oft Angsthase genannt, sprach mich meine Mutter resolut und hart an, wenn ich aus Angst bestimmte Dinge verweigerte.

Ela ignorierte meine Ängste und kletterte einfach voran. Ich, ihr hinterher, war so gezwungen, mich zu überwinden und die schwierigen Wander- und Kletterpassagen selbstständig meistern, oft sehr unelegant auf dem Hintern oder auf allen Vieren krabbelnd.

Allerdings war sie immer gut vorbereitet und plante detailliert unsere Touren.

Sich der Gefahren bewusst, kam die Entscheidung zur Umkehr meistens von ihr. Was aber auch bedeutete, dass wir es wieder versuchen würden, mit einer neuen Strategie oder einer zusätzlichen Sicherung oder wenn das Wetter besser passte.

Nach einer längeren Wartezeit, wir hören von dem Wanderpaar nichts mehr, klettern wir weiter. Der Weg endet mit steilen versetzten Leitern, die uns vom Himmel abwärts führen und wir landen auf einem riesigen Schneefeld, dem Sfulmini-Gletscher. Am Rande des Gletschers stapfen wir Schritt für Schritt der Molvenohütte entgegen, die winzig unter uns in der Ferne zu erkennen ist. Das Schneefeld endet an der Terrasse der Hütte.

Wir klopfen den Schnee von unseren Schuhen, lassen die Rucksäcke und dann uns fallen und staunen über die grandiose Aussicht.

Klein und verwunschen steht die Wanderhütte Molveno auf einer riesigen Karstfläche mit Aussicht in den Himmel. Im Rücken des Hauses thronen gewaltige Bergmassive, zerklüftete Felsen und die Gipfel des Cima di Armi und des Torre di Brenta, durchzogen von steilen Schneehängen eines kalten Gletschers.

Nach vorn blickend, findet das Auge keinen Halt am weiten Horizont der Dolomiten und verliert sich am unendlichen Himmel und in den vielfältigen Wolkenformationen.

Der Wirt begrüßt uns freundlich, heute sind wir seine ersten Gäste. Wir bekommen sofort ein Bier und dürfen uns Essen bestellen. Hannes wählt Trippa, Spagetti in einer Tomaten-Innereien Soße. Mit dieser Spezialität gewinnt er die Sympathie des Hüttenwirtes, der sich nach dem Servieren zu uns setzt.

»Der Schnee lässt das Hüttengeschäft in diesem Jahr spät beginnen«, berichtet er. »Viele Wege und Steige sind noch nicht begehbar.«

Ich frage nach einer einzelnen Wanderin Ela und zu meiner Freude bejaht er. Ela ist sogar hier in der Hütte, doch sie hat sich für ein Biwak abgemeldet, wird die Nacht also im Freien verbringen.

Ich zeige Verwunderung, das hatte sie bisher noch nicht gewagt.

Aber der Hüttenwirt beruhigt mich, sie wäre gut ausgerüstet und vorbereitet. Mehrere Tage hat sie hier schon Quartier bezogen, tagsüber immer unterwegs in den Bergen. Abends am warmen Ofen erzählte sie begeistert von ihren Erlebnissen, scherzte mit den anderen Gästen, lachte und sang mit ihnen.

»Na«, meint Hannes. »Ein Biwak ist nicht gerade komfortabel und bequem, aber zurzeit ohne Erfrierungen machbar. Unvergleichlich ist so eine Sternennacht in den Bergen.«

Oh, darauf verzichte ich Hasenfuß gern.

Wir können unser Zimmer beziehen, zu meiner Freude ist es hell und freundlich. Auch duschen kann ich sofort und mit warmem Wasser, diesen Luxus habe ich nun schätzen gelernt.

Danach sitzen Hannes und ich erholt und gut gelaunt auf den Holzbänken der Terrasse und unterhalten uns entspannt. Wir tauschen Witze, haben Spaß und sind glücklich.

»Mein Opa erzählte oft einen schönen Witz.« Hannes grinst mich spitzbübisch an, seine Augen funkeln.

»Los, erzähle!«

»Beschwert sich ein Kunde beim Bäcker, der hätte ihm gestern altes hartes Brot verkauft. ›Nein, das war nicht hart‹, erwidert der Bäcker, ›keeein Brot haben, ist hart!‹ Eins sag ich dir, Elisabeth, das Essen während der Touren wird total überbewertet. Klar, trinken ist unumgänglich, aber auch Wasser kannst du ja nicht unendlich mitschleppen.«

Nickend bestätige ich seine Meinung: »Oft habe ich vor lauter Aufregung keinen Hunger. Kennst du das Gefühl, dass dir vor Aufregung schlecht wird?«

»Kenne ich«, antwortet Hannes. »Aber was ich sagen will, diese ständige Nahrungsaufnahme ist unnatürlich. Der Mensch kommt auch mal ohne Mahlzeit aus und ein Bergsteiger sollte das trainieren.«

Ich schiele zum superschlanken Hannes hinüber und seufze.

Nach und nach treffen andere Wanderer und Bergsteiger ein.

Hannes begrüßt alle freundlich und erkundigt sich nach

Routen und Schneeverhältnissen. Ein einzelner Bergsteiger mit großem Rucksack und rotem Gesicht antwortet auf Hannes Frage nach dem Woher genervt: »Weiß nicht, von irgendwo. Ich bin total fertig und muss erst mal was essen und trinken.« Später kann er seine Tour nicht schlüssig auf der Karte zeigen, wahrscheinlich hat er unterwegs die Orientierung verloren.

Eine französische Wandergruppe erreicht gut gelaunt und freundlich grüßend die Hütte. Obwohl schon etwas älter, fallen sie durch ihre perfekte Kleidung auf: liebevoll, bis ins Detail farblich abgestimmt und mit schicken Westen und Hüten. Scherzend nehmen sie auf der Terrasse Platz und bestellen Kaffee.

Nach ihnen kommen zwei Jungen angeschlendert, so zehn bis zwölf Jahre alt, und warten geduldig, bis ihre Eltern erschöpft die Hütte erreichen.

Ein nicht mehr ganz junges Paar fällt auf, weil die Dame ihren BH draußen am Rucksack baumeln lässt. Später erzählen sie uns, dass es ihnen auf dem Campingplatz am Gardasee zu heiß geworden ist und sie Zuflucht in den Bergen suchen.

Nach dem Abendessen gehen Hannes und ich wieder nach draußen und genießen mit den anderen Gästen einen wundervollen Sonnenuntergang.

Entspannt und freundlich fallen Worte in unterschiedlichen Sprachen hin und her, es wird gelacht und gescherzt. Im warmen Licht der untergehenden Sonne sehe ich glückliche Gesichter, manch verklärtes Lächeln.

Jeder spendiert eine Runde Grappa und wir stoßen an

auf diese Berge, auf das Wetter, auf die Gesundheit und auf vieles andere mehr.

Kein Wunder, dass ich in der Nacht tief und fest schlafe. Leider verpasse ich den Vollmond, aber Ela wird ihn in der für diese strenge Bergwelt milden Nacht genossen haben.

Der fünfte Tag

Am Morgen bummle ich in der Hoffnung, dass Ela von den Bergen steigt und wir uns sehen.

Hannes ist mit seinem Frühstück schon fertig, als ich endlich am Tisch eintreffe. Seufzend nehme ich Platz, schaue aus den Fenster und frage: »Wann ist Start?«

»Na«, antwortet ungeduldig Hannes. »Wenn wir weiter auf dem Bocchette-Weg klettern wollen, müssen wir schon sechs Stunden einplanen. Aber weder der Hüttenwirt noch die anderen Gäste konnten mir sagen, ob der Weg frei ist.«

»Schnee?«

»Hhm, denke ja, es gibt eine akzeptable Alternative, die dauert aber länger.«

»Ich könnte Ela verpassen.«

»Meinst du nicht, dass Ela ganz sicher diesen herrlichen Bergtag nutzen wird? Sie steigt garantiert erst nachmittags ab.«

Auf mein Handy schauend sehe ich, dass es auch heute keinen Empfang hat. In jedem anderen Urlaub hätte ich diese Tatsache als Segen begrüßt, aber nun wünsche ich mir sehnlichst eine Verbindung zu Ela.

Der Hüttenwirt schenkt Kaffee nach und bietet mir an, Ela bei ihrem Eintreffen von meiner Suche zu benachrichtigen.

Schließlich erinnert er sich, dass Ela plante, heute zur

Fridoliehütte abzusteigen und erst nach einer Übernachtung wieder zur Molvenohütte zurückzukommen. Da die Fridoliehütte heute auch unser Tagesziel sein sollte, steht einem Aufbruch nun nichts mehr im Weg. Wir packen die Rucksäcke und verabschieden uns.

Hannes bleibt am verschneiten Zugang zum Klettersteig stehen:»Sieh mal, das wird schwierig. Hier ist in diesem Jahr noch niemand hoch, keine Spur zu sehen. Glaube kaum, dass du auf Erstbesteigungen scharf bist. Wir werden einen anderen Weg wählen.«

Der seinem Namen nach einfach klingende SOSAT-Klettersteig, den Hannes nun bereit ist zu gehen, verlangt meinen vollen Einsatz.

Nach hohen Leitern und kurzen steilen Kletterpassagen wandern wir auf einem atemberaubenden, sehr schmalen Felsband, das uns am Ende in die Knie zwingt und nur halb kriechend bewältigt werden kann.

Eine kurze Verschnaufpause, dann fordern uns zahlreiche Felsblöcke, an einem hangeln wir uns klammernd am Außenrand entlang. Klaffende Rinnen überspringend, müssen wir bei einem besonders breiten Spalt den von mir gefürchteten mutigen Spreizschritt wagen. Eine leichte Rampenkletterei bewältige ich recht geschickt, um dann wieder zitternd entlang einer schwindelerregenden Schlucht zu kraxeln.

Einzigartigen Klettergenuss bieten uns zwei versetzte Leitern, die durch einen natürlichen Felskamin führen.

Mit Hannes angenehm unaufdringlicher Hilfe klettere

ich immer kühner und mutiger. Die gut gesicherte Tour ermöglicht mir, den Klettersport gleichzeitig mit der Aussicht auf diese schroffe, doch außerirdisch schöne Bergwelt zu genießen.

Da ich zügig vorankomme, kann ich mir immer wieder kleine Pausen gönnen, nur um zu staunen und entspannt zu beobachten.

Im Lichtspiel der Sonne verändern die Berge und Felsen ständig ihre Farbe: von weiß zu gelb, dann erscheinen sie grau, Schattierungen von Rosa bis Rot, unzählige Facetten von Brauntönen.

Heute habe ich auch die Nerven, hängend am Seil, nach natürlichen Versteinerungen im Fels zu suchen und entdecke Abdrücke von Korallen, Schnecken und Muscheln.

Unvorstellbar für uns Menschen, entstand die Zauberwelt der Dolomiten aus einem urzeitlichen Meer, unterstützt von vulkanischen Kräften und dem unaufhörlichen Wirken von Wind, Eis, Sonne und Regen.

Nach meinem Ausflug in die Erdgeschichte endet auch der Klettersteig und wir wandern entlang eines Höhenweges mit Aussichten weit in die Dolomiten bis zum Alpenhauptkamm. Die Nebel des Vortages haben sich verzogen und gestatten bis jetzt noch nicht gesehene Tiefblicke in Täler und Schluchten.

Gegen Mittag gönnen wir uns eine ausgedehnte Rast. Entspannt sitzen wir auf einer Hochalm inmitten von Alpenrosen und können bis ins Tal auf Madonna di Campiglio sehen.

Es gelingt mir nicht, den Gedanken an den morgigen Abstieg zu vertreiben, wenn ich wieder ins Tal zurück zu meinen Sorgen und Problemen muss. Es wäre ein Trost für mich, Ela zu sehen und mich zu vergewissern, dass es ihr gut geht.

Hannes reißt mich aus meinen Grübeleien: »Wir gehen jetzt unterhalb des Gletschers auf nicht gesichertem Weg. Wird ein bisschen nass und rutschig. Nimm dir Zeit und schau mal hoch zum Gletscher, der ist in den letzten Jahren stark zurückgegangen und vielleicht bald ganz verschwunden.«

Vorsichtig steigen wir durch tobende Wasserfälle, hangeln uns über gurgelnde Bäche und klettern nasse glatte Passagen. Das rauschende Wasser unterbindet jede Unterhaltung und die rutschige Kletterei erfordert unsere volle Konzentration.

Ab der Stelle, wo unsere Route auf den geplanten Bocchette-Weg trifft, wird es einfacher. Wir wandern im leichten Bergauf und Bergab zur Hütte, glücklich und entspannt, froh, alles gut und sicher geschafft zu haben.

Die heute wasserbewegte und rauschende Gebirgslandschaft und das traumhaft schöne Wetter verstärken unser Hochgefühl.

Und ich freue mich auf Ela.

Zahlreiche Schulkinder haben die Hütte besetzt, rennen hin und her, lärmen und schreien. Heute sind wir eher belustigt darüber. Hannes grüßt freundlich und meint:

»Ist doch gut so, den Kindern mal die Berge zu zeigen. Mein Büro braucht auch noch später Gäste, lass sie mal heranwachsen.«

Wir steuern einen schattigen Platz auf der Terrasse an, trinken ein Bier und essen eine Brezel, eine Wohltat nach einer Woche Power-Riegel.

Ein aufziehendes Gewitter vertreibt uns nach innen und gibt mir Gelegenheit, unser Zimmer aufzusuchen und zu duschen.

Besorgt denke ich an Ela, die ja offensichtlich noch nicht eingetroffen ist.

Nach kurzem Blitz und Donner, hier in den Bergen sehr respekteinflößend, können Hannes und ich wieder raus.

Bequem von der Terrasse aus genießen wir mal ohne körperliche Anstrengung die Berge und die Luft. Nach dem Gewitter ist die Bergluft noch einzigartiger, sie beschwipst uns wie perlender Prosecco.

Ungewöhnlich redselig erzählt Hannes von seiner Familie und wie er sich auf seine beiden Jungs freut. Auch wenn er seinen Beruf liebt, der ja zum Glück sein Hobby ist, kommt er gern wieder nach Hause.

Wir winken den absteigenden Schulkindern zu, mit deren Fortgehen Ruhe einkehrt.

Die klare Luft nach dem Gewitter lässt die Berge, den Schnee, die Almwiesen und den Himmel in märchenhafter Schönheit erstrahlen.

Begeistert äußere ich mich über das schöne Bergwetter in dieser Wanderwoche, aber Hannes widerspricht mir schmunzelnd: »Gutes Wetter auf einer Tour ist schlecht fürs Bergsteigerbüro.« Ich schaue ihn fragend an.

»Schönes Wetter schraubt die Erwartungen der Gäste für spätere Touren hoch. In der Brenta gibt es eigentlich nur schlechtes Wetter, meist ist es neblig und kalt.«

Lachend zähle ich auf, was ich aus meinem schweren Rucksack nicht benötigt habe: Regenjacke, Regenhose, Mütze, Handschuhe und nicht mal die neu erstandene Softshelljacke.

Die nette französische Wandergruppe aus der Molvenohütte trifft ein, gut gelaunt und offensichtlich vom Gewitter unbeschadet, grüßen sie uns freundlich.

Das Abendessen wird heute im Freien serviert, in der noch warmen Abendsonne vor einer grandiosen Bergkulisse.

Eine hübsche und zu meiner Freude deutsch sprechende Südtirolerin bringt uns Polenta mit Käse und kalten weißen Hauswein.

Wehmütig schaue ich in Richtung Berge und frage die Kellnerin nach Ela.

»Oh, da erkundige ich mich beim Hüttenwirt«, sagt sie mit einem reizenden Lächeln.

Als sie uns das Tiramisu serviert, erklärt sie mir, dass eine deutsche Wanderin für die Nacht abgesagt hatte. Durch das Gewitter aufgehalten und wahrscheinlich auch nass geworden, wollte sie wieder zurück zur Molvenohütte.

Sprachlos vor Enttäuschung kann ich der Kellnerin nur zunicken.

Während ich versuche, meine Tränen zu unterdrücken, tröstet mich Hannes: »Deine Freundin weiß doch nichts von deiner Suche. Aber auf der Molveno liegt ja nun eine schriftliche Nachricht von dir. Sie wird sich melden.«

Ich schaue auf mein Handy, wie immer hat es keinen Empfang.

Hannes schenkt uns Wein nach. »Schau mal, du hattest doch eine perfekte Woche. Solch ein Bergwetter erlebe ich nur selten. Siehst gut aus, entspannt und braungebrannt.«

»Aber es kann doch nicht sein, eine ganze Woche rennen wir Ela hinterher. Ich hätte sie so gern gesehen.« Schnell greife ich meine Sonnenbrille und verstecke meine Tränen.

»Elisabeth, Respekt. Weißt du, bestimmt unterschätzen dich viele, Du bist ruhig und zurückhaltend, haust nicht auf den Putz. Aber deine Angst und deine Aufregung konntest du gut beherrschen und hast jeden Klettersteig gemeistert. Jedenfalls habe ich dich mehr lachen als stöhnen gehört.« Hannes sieht mich mit ernster Miene an, aber seine Augen blinzeln.

Verlegen schaue ich auf die in der Abendsonne glutvoll erstrahlten Berge, die Schönheit dieses Anblicks stimmt mich noch sentimentaler.

»Ja, ich muss dir recht geben. Auch wenn ich Ela nicht treffen konnte, geht es ihr doch gut und sie ist in den Bergen unterwegs.«

Hannes redet weiter auf mich ein: »Pass auf, du bist tapfer geklettert, um dich mache ich mir keine Sorgen mehr. Du schaffst, was immer du willst. Sei doch ein wenig stolz auf deine Leistung. Diese exponierte Kraxelei trauen sich, manchmal auch zum Glück, nicht viele zu. Und wenn du Lust hast, dann mach ich mit dir im kommenden Jahr eine Spezialtour durch die einsamen Pala-Dolomiten. Für dich habe ich immer Zeit. Und deine Freundin bringst du mit, damit ich sehen kann, ob die wirklich so ein Überflieger ist.«

»Soll das jetzt ein neuer Auftrag fürs Bergsteigerbüro werden?«, entgegne ich zickig.

Aber Hannes steigt nicht auf die Anspielung ein. »Dieses Traumwetter kann ich dir vielleicht nicht mehr bieten. Aber ich bin sicher, dass die Pala-Klettersteige dir gut gefallen. Mein Angebot steht, überlege es dir, würde mich freuen, wir hatten wirklich viel Spaß zusammen.«

Während wir den Wein austrinken, verschwindet die Sonne hinter den jetzt wieder grauen Bergmassiven.

Hannes unterbricht noch mal unser Schweigen: »Elisabeth, vielleicht hast du auf der Suche nach deiner Freundin einen neuen Freund gefunden.«

Gemeinsam mit den anderen Gästen sitzen Hannes und ich bis weit in die Nacht draußen vor der Hütte.

Die selten milde Gebirgsnacht und der vorzügliche Grappa lassen eine angenehme, losgelöste Stimmung entstehen, wir albern herum, erzählen und lachen.

Eine schwäbisch schnatternde Dame, die schon in der

letzten Hütte mit ihrem am Rucksack festgezurrten BH für Aufregung sorgte, gesellt sich mit ihrem Mann zu uns und erzählt unaufgefordert ihr Leben. Wir erdulden es, da ihr Mann, ein Schweizer mit italienischen Wurzeln, für ausreichenden Grappa-Nachschub sorgt.

Als der Hüttenwirt meint, er hätte keinen Grappa mehr, gehen wir brav ins Bett. Im Schlafzimmer können wir das Fenster nicht öffnen, weil ein Bett davor steht. Es ist stickig und eng und nach dem Alkohol wird auch geschnarcht. Irgendwann schlafe ich ein.

Der sechste Tag

Schlaftrunken höre ich ein kurzes knarrendes Geräusch, Hannes steht als Erster auf.

Ich schaue oben vom Doppelstockbett aus nach unten und sehe ein fertiges Bett, einen gepackten Rucksack und auf der gefalteten Bettdecke liegen schon Hannes Mütze und Sonnenbrille für den Start bereit.

Mühselig schäle ich mich aus dem Hüttenschlafsack und versuche mein Chaos zu beherrschen. Warum ist plötzlich mein Rucksack so voll und lässt sich nur mit Anstrengung schließen?

Schweigend essen wir unser letztes Hüttenfrühstück, das sich in keiner Weise von den anderen Morgenmahlzeiten unterscheidet.

Über üppig blühende Almwiesen, das schöne Wetter der Woche sorgte für zusätzliche Pracht, steigen wir ab.

Wehmütig schaue ich zurück zu den Bergen, von der Morgensonne erleuchtet thronen sie unerschüttert.

Gut, denke ich, Ela habe ich nicht gefunden. Hier, in ihrem Element möchte sie offensichtlich allein und weit entfernt von unserer alten Welt unterwegs sein.

Obwohl meine Suche nicht erfolgreich war, hat mir doch diese Woche in den Bergen ermöglicht, mit Abstand und »von oben« über meine Situation nachzudenken und zu mir selbst zu finden.

Die alpine Bergwildnis und der bedingungslose, aber naturnahe Sport haben mir geholfen, meinen Beruf und dessen Ende aus einer gewissen Distanz zu betrachten.

Trotz der Enttäuschung, Ela nicht getroffen zu haben, war die Entscheidung richtig, gemeinsam mit Hannes diese Klettertour zu wagen, habe ich doch wieder Mut und Selbstvertrauen gefunden.

Jetzt bin ich bereit für die neuen Herausforderungen jenseits des für mich nicht mehr akzeptablen Kaufhausgeschäftes.

Der stille und unaufgeregte Hannes, sicher unterwegs in den Bergen, war in jeder Hinsicht ein sehr angenehmer Begleiter. Klaglos hat er mein stundenlanges Schweigen ertragen und mein bevorzugt lautloses Staunen über diese grandiose Natur akzeptiert.

An der Casineihütte gönnen wir uns wieder eine kleine Pause, bevor wir durch den Wald zur Vallesinella-Hütte absteigen.

In Madonna di Campiglio versuchen wir uns zu verabschieden. Noch von den Bergerlebnissen beeindruckt, fällt es schwer, wieder in das Leben im Tal einzutauchen.

Wir zögern, trinken noch einen Kaffee und sprechen über Belanglosigkeiten. Wehmütig fühlen wir, dass diese schöne gemeinsame Zeit nun zu Ende ist.

Ein vertrautes Geräusch unterbricht unseren Abschied.

Auf meinem Handy lese ich eine Nachricht.

»Hier geht es mir gut! Diese Berge sind traumhaft! Die nächste Tour unternehmen wir wieder gemeinsam. Ela.«